# ANCIENS POÈMES CHINOIS D'AUTEURS INCONNUS

(NOUVELLE ÉDITION)

# 中國無名氏古詩選譯

曾仲鳴譯

TRADUITS PAR

TSEN Tsonming

# 中國無名氏古詩選譯

## DU MÊME AUTEUR

◆◆

Grammaire Française avec Textes Chinois (1920), Imprimerie chinoise, Tours .. .. 1 vol.

Essai Historique sur la Poésie Chinoise (1922), J. Desvigne et Cie, Lyon .. .. 1 vol.

Anciens Poèmes Chinois d'Auteurs Inconnus (1923), J. Desvigne et Cie, Lyon (épuisé) .. .. .. .. .. .. .. .. .. .. .. .. .. 1 vol.

La Chine Pacifique, Préface de M. Herriot (1924), E. Leroux, Paris, et J. Desvigne, Lyon .. .. .. .. .. .. .. .. .. .. .. .. .. 1 vol.

Une Goutte d'Eau (1925), E. Leroux, Paris, et J. Desvigne, Lyon .. .. .. .. 1 vol.

*En Préparation :*

*CENT QUATRAINS DES THANG*

◆

# ANCIENS POÈMES CHINOIS D'AUTEURS INCONNUS

TRADUITS PAR

TSEN TSOMMING

*Licencié ès Sciences, Docteur ès Lettres*

*Professeur à l'Université Nationale de Koungton*



NOUVELLE ÉDITION
REVUE ET AUGMENTÉE

LYON
Joannès DESVIGNE et Cie
36 à 42, Passage de l'Hôtel-Dieu

PARIS
Edition Ernest LEROUX
28, Rue Bonaparte

1927

IL A ÉTÉ TIRÉ

1000 exemplaires sur pur fil Lafuma

numérotés de 1 à 1000

Justification du tirage

# PRÉFACE

## DE LA NOUVELLE ÉDITION

◆◆

*La première édition de ce petit livre est épuisée depuis longtemps. Pour répondre au désir de nos nombreux et aimables amis, nous avons décidé de réimprimer ce modeste travail, en y ajoutant quelques autres pièces intéressantes et originales. Parmi les morceaux nouvellement traduits, on trouvera une poésie écrite pour la femme de Syu Thong-khing ; elle mérite d'être signalée, tant au point de vue social que littéraire. Malheureusement, nous n'en connaissons pas l'auteur.*

*Vers la fin de la dynastie des Han, sous le règne de l'empereur Hien (190-219 après J.-C.), un fonctionnaire de la préfecture de Lou-kyang épousa une jeune fille appartenant à la famille Lyeou. La mère, méchante et sévère, non satisfaite de sa bru, la chassa. Obligée de quitter son mari qu'elle aimait, la jeune femme jura cependant de lui rester fidèle. Les parents, pas plus raisonnables que la belle-mère, voulurent la contraindre à se remarier avec un autre jeune homme, d'une famille noble et riche, et la malheureuse, désespérée, se jeta à l'eau. En apprenant cette douloureuse nouvelle, Syu Thong-khing se pendit à un arbre de son jardin.*

*Un poète du temps, ému par ce drame d'amour, en composa un poème de 395 vers, ce qui constitue l'une des plus longues poésies chinoises.*

*Cette pièce de poésie montre le pouvoir*

*absolu du chef de famille dans notre ancienne société.*

*Au point de vue moral, ce qui caractérisait la femme chinoise d'autrefois, c'était surtout son extrême douceur. Elle acceptait, avec la plus aimable docilité, toutes les décisions de son père ou de son frère, si elle était jeune fille ; de son mari ou de ses beaux-parents si elle était mariée. La jeune fille d'un milieu social élevé, ne pouvait rêver d'amour. Elle savait à l'avance qu'elle n'aurait pas le droit de choisir l'homme auquel elle allait se vouer pour la vie et qu'elle devrait épouser celui désigné par sa famille. Loin d'être la compagne de son époux, elle n'était plutôt que la servante de ses beaux-parents et l'instrument de leur future génération. Dès que la femme cessait de plaire, elle pouvait être renvoyée. La vertu des chinoises, sous le régime monarchique, tenait uniquement au respect de la volonté paternelle ou conjugale ; mais ce respect était, chez elles, un sentiment si fort, qu'il dominait toute leur conduite. On arrive à comprendre, en lisant cette longue poésie, combien de chinoises ont souffert de ces lois sociales vraiment inhumaines.*

*Depuis la Révolution de* 1911, *la situation de notre société a évolué considérablement. Le pouvoir absolu du mari ou des pères de famille est aboli, comme d'autres pouvoirs moraux favorables seulement à l'ancien régime tyrannique. L'inégalité entre les deux sexes n'existe plus. La femme d'aujourd'hui est la collaboratrice de l'homme. Ils travaillent ensemble et s'entr'aident dans tous les domaines politiques, économiques, éducatifs. Elle est libre d'agir, d'aimer et de choisir son mari.*

*Cela doit remplir d'aise le cœur de nos poètes contemporains. Il n'y aura plus à raconter, espérons-nous, des histoires aussi tristes et aussi douloureuses que celle que nous traduisons ici. Quand la brise printanière nous effleure de son léger souffle, quand les jeunes tiges confondent leurs murmures à ceux des vagues lointaines, quand les fleurs laissent échapper leurs délicats pétales et embaument tout de leurs pénétrants parfums, quand la rosée scintillante, semblable à de grosses perles, se pose sur des feuilles aux couleurs de jade, alors, nos poètes pourront chanter une charmante idylle et le réveil d'un joyeux amour !*

T. T.

**Si-hou (Lac de l'Ouest), Mai 1926.**

# PRÉFACE

◆◆

*Il y a un siècle environ, la poésie chinoise était assez mal connue en Europe, même en France. Elle est cependant si mélodieuse et si belle, que, depuis lors, on a essayé de la comprendre. Dans l'immense domaine littéraire du « Céleste Empire », on en a cherché le chemin avec l'intention de l'explorer. L'honneur en revient aux célèbres sinologues français, qui ont bien voulu, par leurs travaux consciencieux, faire connaître et aimer la poésie de notre vieille civilisation, dissiper les mystères qui séparent nos deux langues et montrer combien la littérature chinoise est restée toujours douce et jeune. Le* « Livre des Odes » *ou* « Chi-king » (1) *a été traduit tout d'abord par* PAUTHIER, *puis très étudié par d'autres érudits. En* 1852, Hervey de SAINT-DENYS *présenta au public* « Les Poésies de Thang » (2) ; *grâce à cet éminent écrivain, nos grands* LI THAI-PO *et* TOU FOU *devinrent célèbres dans le monde intellectuel français. Une trentaine d'années plus tard,* IMBAULT-HUARD *donna une traduction des poèmes des Dynasties des Ming* (3) *et des Tsching* (4). *Tout récemment,* M. Georges SOULIÉ DE MORANT *publia un ouvrage très intéressant, intitulé* « Florilège des Poèmes Song » (5), *qui constitue vraiment une innovation poétique, et qui est même une révélation pour les lecteurs occidentaux.*

---

(1) La plus ancienne anthologie des poésies chinoises.

(2) 618-907 après J.-C.

(3) 1368-1643 après J.-C.

(4) 644-1911 après J.-C.

(5) 960-1276 après J.-C.

*A ce propos, on peut déplorer que de nombreuses poésies, depuis Han jusqu'à Swei* (1) *ne soient pas encore traduites. Cependant, les poèmes de ces époques occupent une grande place dans notre littérature. Ils sont, non seulement, aussi parfaits que ceux d'autres périodes, mais sont surtout des chefs-d'œuvre que nos lettrés considèrent comme la source de notre art poétique. C'est pourquoi j'estime qu'il est utile de combler cette lacune. Malheureusement, les œuvres de ces dynasties sont si abondantes, que, je me vois obligé de choisir les plus beaux morceaux des auteurs inconnus pour composer ce petit recueil, renfermant des sujets assez variés* (2).

---

(1) 206 avant J.-C. — 617 après J.-C.

(2) Quelques autres poèmes toujours, d'auteurs inconnus, moins intéressants, n'ont pas été traduits.

*Quant à la traduction, j'ai tâché de la rendre aussi exacte et fidèle que possible. Mais je dois répéter une fois de plus l'idée exprimée dans mon dernier livre* « Essai Historique sur la Poésie Chinoise » :

« *La traduction de morceaux littéraires d'une langue en une autre langue est une chose très difficile et particulièrement décevante, surtout lorsqu'il s'agit de poésies. D'abord, tous les effets du rythme et de la sonorité disparaissent ; de là, impossibilité de faire ressortir toute la beauté du poème, il n'en reste que l'idée poétique.* »

« *Donc, de même que* M. Georges Soulié de Morant, *je ne puis que prier les lecteurs de reconstituer par l'imagination tout le charme du rythme, de la rime, du chant et de la représentation picturale, dont nous sommes obligés de dépouiller ces chefs-d'œuvre.* »

*Enfin, je compte sur l'indulgence de nos amis français, qui voudront bien m'excuser de mon inhabileté à manier plus élégamment leur belle langue.*

*Mais, en entreprenant ce travail, je n'ai jamais été guidé par un sentiment d'ambition. J'avais un but : c'est une initiative que je prends, tout en souhaitant que d'autres érudits, plus compétents que moi, veuillent bien étudier de plus près la poésie et la littérature chinoises, trésor de beauté et de sagesse. Je ne suis donc, dans cette tentative, qu'un léger zéphyr qui passe, annonçant le printemps ; à d'autres, d'en voir les fleurs et d'en goûter les fruits !*

T. T.

Bourget du Lac, 15 Août 1923.

# ILS SE BATTENT A LA PORTE DU MIDI

Ils se battent à la porte du midi
Et, au nord de la muraille, ils sont morts.
Sans tombeau, les corps lacérés gisent sur la plaine.
Partout, se dirige l'essaim de noirs corbeaux.
Attendez, attendez, méchants oiseaux,

Soyez généreux pour le moment.
Ces malheureux cadavres
Resteront toujours votre proie,
Aucun os blanc ne pourra vous échapper.
Tout est calme, seul retentit le bruit des vagues
Qui se brisent avec fracas contre le rivage.
Dans l'obscurité, le vent courbe
Les roseaux et les joncs mobiles.
Les excellents chevaux meurent
Après de terribles combats.
Quelques montures tristes vont et reviennent,
En poussant vers le ciel des clameurs funèbres...

# J'AI A PENSER...

J'ai à penser : celui à qui je pense
Est au sud du grand Océan.
Que t'offrirai-je ?
Deux perles et une épingle en écaille.
Mais sachant ton cœur inconstant,

Je brûle ces bijoux
Et au vent fais voler leur cendre.
Dès maintenant, ne pensons plus l'un à l'autre !
Adieu ? je te quitte pour toujours !

# ORPHELIN

## I

O orphelin !

Pauvre enfant !

Que ta vie est malheureuse !

Quand tes parents étaient là,

Tu sortais en voiture

Ou te promenais sur un joli cheval.
« Maintenant, me dit-il,
Mon père et ma mère ne sont plus,
Mon frère et ma belle-sœur
M'obligent à faire du commerce.
Je suis allé jusqu'à Chi-kang,
De là, j'ai voyagé à Tsi et à Lou.
Voilà l'hiver, je reviens bien souffrant.
Pourtant je n'ose exprimer mes douleurs.
La tête pleine de vermine,
La figure couverte de poussière,
Mon grand frère m'ordonne de préparer le repas,
Ma belle-sœur me dit d'aller soigner les chevaux.
Je viens de monter à l'étage,
Et dois encore descendre ! »
L'orphelin verse des torrents de larmes !

II

« Dès le matin, on me charge de tirer l'eau d'un puits,
Au coucher du soleil, je retourne porter les seaux.
Je travaille péniblement avec mes mains,
Je n'ai pas de souliers aux pieds
Et tristement je foule la terre gelée
Parsemée de chardons et d'épines.
En arrachant ces mauvaises plantes,
Mon cœur est bien affligé !
Mes larmes tombent comme les flots qui se brisent,

Ah ! je pleure toujours !
Je vais, en hiver sans manteau,
En été, sans chemise.
Las de vivre, n'éprouvant pas de joie,
J'espère quitter bientôt ce monde
Pour rejoindre mes parents... »

## III

« Le voile du printemps se déploie, la brise [souffle,
Les jeunes herbes naissantes s'élèvent à l'horizon.
En mars, on s'occupe des vers à soie.
On récolte, en juin, les melons.
Je pousse la voiture si lourde
Pour me rendre à la maison.
Malheureusement, le véhicule verse.
Peu de personnes viennent à mon secours ;
Tout le monde en profite pour manger mes fruits.

Rendez-moi les pédoncules (1) supplié-je.
Mon frère et sa femme sont si sévères,
Que de blâmes je vais recevoir !
Ils vont me gronder, m'injurier.
Quelle triste vie !
Je voudrais envoyer une petite lettre à mes parents
Sous la terre pour leur dire
Que je ne puis vivre avec mon frère et ma [belle-sœur.

*Note du traducteur :*

(1) Les tiges des melons, qui doivent être montrées à son frère et à sa belle-sœur.

# DEUX HÉRONS BLANCS

On voit arriver deux hérons blancs
Venant du nord-ouest.
Ils vont l'un suivant l'autre
Formant une belle ligne !

La femelle malade
Ne peut plus voler ;
Le mâle se retourne après cinq li parcourus !
Six li franchis, il jette encore un regard !

« Je désirerais t'emmener,
Mais mon bec est si petit !
Je désirerais t'emporter,
Mais si faibles sont mes ailes » !

« Heureux nous étions le jour de notre rencontre,
Qu'il est déplorable de nous séparer ainsi !
Mon cœur se désespère ; en regardant nos [compagnons,
Mes larmes coulent sans le savoir ».

## L'AVENIR INCERTAIN...

L'avenir incertain est profondément angoissant,
Il laisse la bouche brûlante, les lèvres sèches.
Aujourd'hui, puisque nous sommes ensemble,
Soyons heureux ! Soyons heureux !

L'heure du plaisir ne dure qu'un moment,
Le jour du chagrin dure toute la vie !
Avec quoi oublie-t-on les soucis ?
La musique, le vin et le chant !

# LES DIX-NEUF POÈMES

## I

En marche, en marche toujours,
Je te quitte encore.
Séparés par dix mille li,
Chacun sous un coin du ciel.
La route est si longue !

Quand nous reverrons-nous ?
Les chevaux des Hou aiment le vent du nord,
Les oiseaux du Yué préfèrent les branches
[du sud. (1)
Nous nous éloignons chaque jour,
Notre ceinture devient trop grande, (2)
Les nuages voilent le soleil,
Le voyageur ne saurait s'en retourner.
Je vieillis en pensant à toi,
Le temps court si vite !
Enfin ne parlons plus.
Aie du courage pour te nourrir.

*Notes du traducteur :*

(1) Hou, nom des régions du nord ; Yué, nom des régions du sud. Ces deux phrases sont des comparaisons pour expliquer que les animaux aiment aussi leur pays natal.

(2) Image qui veut dire que l'on a maigri en pensant à quelqu'un.

## II

Sur le rivage, le vent berce les herbes vertes,
Au jardin, le saule s'incline et se balance...
Là-haut, il y a une jolie femme
Devant la fenêtre, elle est ravissante.
Comme ses joues sont roses ! Sa toilette est si belle
Et ses mains si fines ! Elle pense.
Elle était autrefois chanteuse ;
Aujourd'hui elle est maîtresse d'un « enfant
[prodigue »
Qui ne revient pas,
Dans un lit si vide, elle ne peut rester seule !

## III

Sur la colline, les pins jettent deçà, delà,
Un ombrage mystérieux et sombre
Dans les flots qui reflètent l'image
Se trouvent quelques cailloux transparents.
Oh ! les hommes au monde
Sont comme des voyageurs !
L'ennuie nous tue, buvons toujours
Du vin fort et délicieux...

## IV

Aujourd'hui, au moment où s'épanouissent
La grande paix et la joyeuse fête,
On lance au ciel des notes mélodieuses.
Qu'elle est adorable et bien rythmée,
La chanson nouvelle qui exalte la vertu.
En l'écoutant, les connaisseurs comprennent.
Nous avons les mêmes idées,
Mais cette voix reste insuffisante pour tout
[exprimer.
La vie d'ici-bas
Est comme la poussière qui passe.
Allez vite, allez vite !
Prenez une place importante !
Pourquoi rester longtemps pauvre ?
Pourquoi être toujours malheureux ?

## V

Au nord-ouest, une gentille maisonnette
Enveloppée par les nuages, se dissimule.
Le brouillard se disperse,
On voit reparaître les belles fenêtres
Puis les salles et les escaliers.
Là-haut, on joue du khin, on chante.
Que la voix est triste mais spirituelle !
De qui sont ces chansons si mélancoliques ?
C'est pour Ki-lan que sa veuve a composé
[les notes antiques.

Le son, envoyé par le vent de feuille en feuille,
Apporte, au fond de la montagne, un faible écho.
Des soupirs et des gémissements
Font pleurer ceux qui les entendent.
On ne regrette pas l'effort du chanteur,
Mais qu'il est triste de rencontrer peu [d'admirateurs
— Nous voudrions être deux petits oiseaux,
Pour voler ensemble jusqu'au ciel lointain...

## VI

Je traverse le bassin pour cueillir les lotus.
Il y a tant de fleurs parfumées.
Les cueillir, pour qui ?
Celle à qui je pense est si loin de moi !
Mon regard erre pour voir mon pays,
Les routes lointaines barrent mon songe du retour.
Nos cœurs sont les mêmes, nos corps sont séparés.
L'inquiétude et la tristesse conduisent à la [vieillesse

## VII

La lune est claire, la nuit silencieuse.
Dans un trou du mur, les grillons frémissent.
Voici venir l'hiver !
Les étoiles brillent au firmament,
La rosée blanche mouille les herbes fanées.
C'est la saison qui change.
La cigale frileuse chante dans les arbres dépouillés;
Où vont ces malheureuses hirondelles ?
Oh ! mon ami d'enfance que j'ai tant chéri
Est bien loin !
Il me délaisse, il m'oublie,
Il m'abandonne !...

## VIII

Au pied de la montagne Thaï,
Le bambou solitaire prend racine.
Seigneur, je vais vous épouser.
Mon cœur appartient à vous seul,
Comme le lierre parasite pousse
S'attachant au jeune sapin.
Nous nous verrons bientôt,
Il a fallu des milliers de li pour venir me chercher.
Monts verts et plaines brunes nous séparent,
Je vieillis en pensant à vous !

Pourquoi votre voiture arrive-t-elle lentement ?
Voyez ces orchis l'un à l'autre enlacés,
Comme leurs fleurs sont brillantes et fraîches !
Cueillez, cueillez-les à temps,
Pareilles aux herbes d'automne,
Le vent ternira leur beauté.
Seigneur, si vous ne m'écoutez pas,
Moi, pauvre femme, que ferai-je ?

## IX

Dans ce petit jardin, se trouve un arbre merveilleux
Dont le zéphyr fait frissonner les rameaux si frais.
Je casse quelques-unes des plus belles branches
Pour les envoyer à celle que mon cœur aime.
En les portant, mes manches en sont tout
[embaumées.
La route est si longue,
Comment les lui faire parvenir ?
Ces bouquets sont-ils dignes d'elle
Et méritent-ils de lui être offerts
Mais le temps passe et je pense à notre séparation !

# X

L'étoile du Bouvier est si loin,
La fille de la Rivière (1) est si blanche,
Ses mains sont si fines,
Elle tisse toujours ;
Mais de tout son travail, il ne reste rien.
Ses larmes tombent comme la pluie.
La rivière est claire et peu profonde,
La distance n'est pas grande ;
Mais séparés par cette eau méchante,
Tristes, ils ne peuvent converser.

*Note du traducteur :*

(1) La Rivière, c'est-à-dire la Voie lactée.

# XI

Sur le chemin désert, je vais
D'une allure triste et languissante.
Mes regards plongent sur ce monde confus :
Le vent printanier berce les jeunes herbes.
La nature meurt, renaît, tout change.
Comment pourra-t-on rester toujours jeune ?
Riche ou pauvre selon le destin,
Travaillons pour être connus.
La vie n'est pas immortelle,
Rare est la longévité.
Comme tout être,
Le corps humain se perd,
Vite effacé, on nous oublie.
Gardons les honneurs qui nous sont chers !

## XII

Aux pays de Yen et de Tsao,
Il y a tant de belles femmes.
Là-bas, une des plus jolies créatures,
Gracieuse et douce comme le jade,
En robe de soie avec des ceintures traînantes,
Rêve, joue, chante ;
La musique est si triste, la voix si mélancolique !
La nature pleure dans sa chanson !...

Puissions-nous être deux hirondelles,
Nous chercherions quelques brins d'herbes,
Et irions nicher dans ta maisonnette.

## XIII

En voiture, je me dirige vers la porte de l'est,
De là, je vois, au nord, les tombes désertes.
Le vent siffle tristement
Dans les feuilles mortes des peupliers,
Le long du chemin,
Les sapins secouent leurs branches funèbres.
C'est là que sont couchés les pauvres morts.
Ils vont, ils partent pour toujours.
Ils dormiront éternellement dans leur caveau,
Ils ne se réveilleront plus.
Les temps passent si vite,
Les vivants sont fauchés par la mort
Comme la rosée du matin
S'évapore sur le gazon.

## XIV

Ceux qui ont vécu s'éloignent peu à peu de nous,
Les survivants nous sont devenus plus chers.
J'erre tout seul, promenant ma tristesse.
Je ne vois que des cimetières et des collines,
Les tombes abandonnées sont nivelées.
Les sapins sont coupés pour faire du feu.
A travers les saules,
Le vent produit un bruit mélancolique.
Et la douleur nous tue.
Oh ! que je voudrais retourner dans mon pays.
Pas de route, où vais-je ?

## XV

La vie est trop courte,
Les douleurs sont immenses !
Le jour passe vite, la nuit semble longue.
Pourquoi n'allumez-vous pas de flambeaux pour s'amuser ?
Jouissez du printemps, jouissez de la jeunesse.
Ne pensez point à l'attente du lendemain.
Quant aux ignorants égoïstes et tristes,
L'avenir se moque d'eux !...

## XVI

. . . . . . . . . . . . . . . . . .
. . . . . . . . . . . . . . . . . .
Je suis seul ce soir,
Pensif, je vois ton image.
Tu ne m'as pas oublié,
Tu viens en voiture.
Que ton sourire soit le même !
Que nous rentrions ensemble !
Ah ! tu ne viens que pour peu de temps,
Et tu t'en vas déjà !
Tu n'as pas d'ailes,
Comment peux-tu voler ?
. . . . . . . . . . . . . . . . . .

## XVII

Voilà les tristes jours, voilà l'hiver monotone !
Le vent du nord souffle, tout est sinistre et blême !
Cœur affligé, on sent la nuit trop longue.
Je regarde le ciel, les étoiles commencent à
percer la nue.
La pleine lune verse sa lumière mélancolique,
Mais peu à peu elle s'éclipsera.
Un voyageur vient de loin,
Il me remet un mot de toi.
Tu penses donc encore à moi !

Tu me parles de notre pénible séparation,
Une telle lettre ne quittera plus mes lèvres.
En la cachant sur ma poitrine fièvreuse,
L'encre ne disparaîtra pas pendant des années.
— Mon cœur est à toi seul,
Tu l'entends ? Tu le sais ?

## XVIII

Un voyageur, venu de loin,
Me remet une pièce de satin.
Si loin de moi...
Tu ne m'as pas oubliée
En m'envoyant cette jolie broderie :
Deux belles sarcelles se caressent en battant [des ailes,
Je la coupe pour une couverture.
Je m'en revêts pour réchauffer mes pensées,
En la cousant, renouvelons nos amitiés.

## XIX

Comme la lune est sereine !
Comme luit le rideau de soie !
Triste, je ne puis dormir.
En me levant, je vais et viens.
Bien que le voyage soit agréable,
Vaut-il mieux retourner dans son pays ?
Rêveur, j'erre seul dans cette cour solitaire,
A qui pourrai-je confier mes douleurs ?
Rentré dans la chambre,
Mes larmes tombent et tachent ma robe.

## CHANSON DE LO-FEOU

Dès que le soleil émerge de l'horizon,
Il illumine notre pavillon...
Notre pavillon de la famille Thsin.
La famille Thsin a une jolie fille...
Une jolie fille qui s'appelle Lo-feou
Lo-feou soigne bien les vers à soie ;

Vers l'allée solitaire, elle part
Pour cueillir des feuilles de mûrier.
Elle emporte un petit panier
Orné d'une tresse de soie bleue
Et de légères branches de lilas.
Lo-feou se coiffe gentiment...
A ses oreilles, elle suspend des perles
Rondes et claires comme la lune,
Avec sa robe de crêpe violet
Et sa belle jupe dorée,
Elle est charmante !
Les vieillards la voyant passer
Stationnent et caressent leur barbe.
Les jeunes gens l'admirant,
Otent leur chapeau et s'inclinent.
Les faucheurs oublient de faucher

Et les piocheurs de piocher.
A cause de Lo-feou,
Ils se jalousent, ils se fâchent...

. . . . . . . . . . . . . . . . . . . . . . . . . . . . . . . . . . .

. . . . . . . . . . . . . . . . . . . . . . . . . . . . . . . . . . .

Sur la route du sud, arrive un seigneur
Il rencontre Lo-feou et arrête ses cinq chevaux :
« Va, dit-il à un de ses suivants,
Va demander à cette belle son nom et son âge ».
Lo-feou répond :
« Une jolie fille de la famille Thsin
Qui s'appelle Lo-feou...
Quel est son âge ?
Elle n'a pas encore vingt ans,
Mais elle a déjà vécu quinze printemps ».
Le seigneur remercie Lo-feou

Et la supplie :

« Voudriez-vous monter dans mon char ? »

Lo-feou reprend en baissant les yeux :

« Le seigneur a bien tort !

Le seigneur n'a-t-il pas une femme ?

Puis, Lo-feou a son fiancé… »

# JE SUIS ALLÉE SUR LA MONTAGNE...

Je suis allée sur la montagne pour y cueillir
[des roses,
En descendant, je rencontre mon ancien mari.
Agenouillée, je lui demande :
« Comment est ta nouvelle épouse ? »

— Elle n'est pas vulgaire,

Mais sa beauté vous ressemble peu.

Fraîche de couleur comme vous,

Quant au travail, elle ne vous surpasse pas !

La nouvelle épouse entra par la porte ;

De la salle sortit la première femme.

Celle-ci tissait des soies blanches (1),

Et celle-là des soies jaunes.

Les soies blanches donnaient une pièce par jour,

Les soies jaunes fournissaient cinq tchyon (2)
[environ.

Rien à comparer entre ces deux sortes de soies,

La nouvelle venue ne vous vaut pas !

*Notes du traducteur :*

(1) Les soies blanches sont en général de qualité fine et supérieure et les soies jaunes, de qualité inférieure.

(2) Tchyon, mesure chinoise, égale à 3 mètres et demi environ.

## QU'IL EST TRISTE...

Qu'il est triste de quitter ses amis intimes !
Angoissé, je ne peux plus parler !
Soigne-toi bien, c'est mon souhait le plus cher.
La route est longue, il est difficile de nous revoir.
La vie dure peu de temps,
Que l'on est malheureux dans ce monde !

Toi, tu m'abandonnes,

Infidèle, tu as un nouvel ami,

Tu vas si loin, perdu dans les nuages !

Quand reviendras-tu ?

## A QUINZE ANS...

A quinze ans, je partis aux armées.
J'en reviens, accablé d'années, à quatre-vingts
[ans !
Sur le chemin du retour,
J'ai rencontré un compatriote.
« Que me reste-t-il encore ? lui demandai-je. »

« Là-bas, me répondit-il, c'est bien votre maison !
Les sapins sont si grands, les tombes si [nombreuses ! »
J'arrive : les lièvres passent par les trous [abandonnés.
Les faisans volent sur les remparts.
Dans la cour, quelques maigres épis ;
A côté du vieux puits, couvert de mauves sauvages;
J'en prends pour faire la soupe.
Le repas est prêt,
Mais à qui vais-je l'offrir ?
Je sors et mon regard se dirige du côté de l'est,
Mes larmes tombent et mouillent mes vêtements !

## VERS LA PORTE DE L'EST

Je me promène vers la porte de l'est,
Je regarde au loin la route de Koung-nin (1)
C'est là, qu'avant-hier, par un temps de vent
[et de neige,

*Note du traducteur :*

(1) Knoug-nin veut dire au sud du Fleuve bleu.

Mon ami me quitta pour toujours !
Oh ! que je voudrais traverser le fleuve !
L'eau est si profonde et n'offre pas de pont.
Puissions-nous être deux hérons jaunes,
Pour voler et retourner ensemble à notre pays
[natal !

# CHANSON
# DE LA MONTAGNE LON

## I

Au fond de la montagne Lon,
La source tombe en cascade,
Répandant au loin
Un bruit de sanglots.
Je veux voir mon pays,
Mon cœur est brisé !

## II

Au fond de la montagne Lon,
La source tombe en cascade.
Seul, je voyage
J'erre dans ce pays inconnu et immense.
En regardant au loin,
Je pleure amèrement.

## LE ZÉPHIR

Doucement le zéphir souffle sur la pelouse,
Et soulève ma robe légère ;
Il laisse échapper mon écharpe
Qui se balance tristement

Sur la montagne, ma tête se penche,
Quand ton image atteint mon souvenir,
Partout je te cherche et te désire…
Tremblante, je te tends mes bras !

## LES ORCHIDÉES

Ces orchidées sont si belles
Parmi les herbes odorantes !
Je les ai cueillies toute la matinée,
Mais, hélas ! jusqu'au soir,
Je n'en ai que peu dans mes bras.
Les cueillir, pour qui ?

Celui à qui je pense est si loin de moi !
Les parfums s'envolent,
Les fleurs se fanent si vite !
Je sens languir mon cœur...
Je te cherche partout.
Par le vent, je t'envoie mes souvenirs.

# POÈME POUR LA FEMME SYU THONG-KHING

Un paon s'envole vers le sud-est,
Tous les cinq li, il va et vient.

Tristement une jeune femme dit à son mari :
« A treize ans, je pouvais tisser,
A quatorze ans, j'apprenais à couper,

A quinze ans, je jouais de la musique,
A seize ans, je lisais poèmes et histoires,
A dix-sept ans, je devins ta femme.
Mon cœur est toujours triste et peiné.
Toi, tu es fonctionnaire de la préfecture,
Voulant t'être fidèle, mon amour est constant.
Mais que je suis seule dans cette chambre vide !
Tous les jours, je te vois si rarement.
Dès que le coq chante, je commence à tisser,
Chaque nuit, jamais je ne puis me reposer.
Je fais cinq pièces en trois jours.
Tes parents me reprochent d'être trop lente.
Oh ! ce n'est pas qu'au métier que je suis lente !
Dans ta famille, une épouse est malheureuse !
Je ne puis être esclave,
A quoi sert d'y rester encore !

Va t'en parler à tes parents,
Qu'ils me renvoient tant qu'il est temps !

Le fonctionnaire entendant cela,
Monta dans la salle et dit à sa mère :
« Déjà le sort de ton enfant n'est pas brillant,
Mon seul bonheur est d'avoir une charmante [femme.
Ensemble nos cheveux ont été noués,
Ensemble nous couchons dans le même lit,
Ensemble nous voulons rester amis sous la terre !
Eternellement nous serons unis !
Depuis quelques années à peine nous sommes [époux,
Ce n'est pas de longtemps...
Cette femme se conduit sincèrement,
Pour quel motif la blâmes-tu ? »

Furieuse, la mère lui répondit :
« Mon fils, que te considères-tu si bas !
Impolie et manquant de respect,
C'est à son gré seul qu'elle veut agir.
Depuis longtemps ma décision est prise,
Te crois-tu donc tout à fait libre ?
Notre voisin de l'est a une gentille fille
Qui s'appelle Lou-fou ;
Rien n'est comparable à son beau corps !
Je vais la demander en mariage pour toi.
Renvoie vite cette maudite femme,
Qu'elle ne reste plus ici ! »

A genoux, le fonctionnaire supplia :
« Ecoute-moi, écoute-moi, ma mère !
Si tu renvoies ma pauvre épouse,
Je passerai ma vieillesse solitaire. »

La mère l'entendant parler ainsi
Frappa le lit et éclata en colère :
« Mon petit, tu n'as donc rien à craindre,
Tu oses plaider la cause de ta femme !
Oui, je suis méchante et peu généreuse,
Mais jamais je ne me soumettrai !

Le fonctionnaire sans répondre
Saluait deux fois sa mère et rentrait dans sa [chambre.
Il voulait en raconter à sa femme,
La gorge si serrée, qu'à peine il pouvait parler :
« Ce n'est pas moi qui te chasse...
Mais ma mère l'exige...
En attendant, rentre d'abord chez toi,
Moi, je vais à la préfecture,
Et sous peu, je reviendrai.

A mon retour, j'irai te chercher.
Calme ton cœur en pensant à moi.
N'oublie pas mes paroles ! »

La jeune femme répondit à son mari :
« Ne discutons plus...
Souviens-toi qu'autrefois,
Au moment de notre mariage,
C'était le dixième mois de l'année
Je quittai ma famille pour venir dans la tienne.
Obéissante aux ordres de mes beaux parents,
Je n'ai jamais dirigé les affaires moi-même.
Jours et nuits, je travaille sans cesse.
Quoique fatiguée et seule,
Je n'ai jamais osé me plaindre.
Je me crois sans défaut

Et espère de vivre paisiblement.
Oh ! malgré tout mon dévouement,
Je suis chassée et renvoyée !
Pourquoi parler de revenir !
J'ai une belle jupe brodée,
Ses franges lumineuses scintillent ;
Une moustiquaire doublée de soie rouge,
Des sachets parfumés se balancent aux quatre [coins
J'ai encore une soixantaine de malles
Entourées de fines cordes bleues et vertes.
Tous les objets diffèrent les uns des autres :
Tout est là, dans ces caisses.
Abjecte comme je suis,
Mes objets sont donc comme moi, méprisables,
Indignes de faire partie du trousseau

De celle qui viendra à ma place.
Garde-les quand même pour les distribuer en
[aumônes
Dès aujourd'hui, nous ne nous reverrons plus !
Console-toi, mon cher ami,
Jamais ne nous oublions ! »
Au dehors, les coqs chantaient et le jour parut.
La femme se leva et se coiffa gentiment ;
Elle revêtit une jupe de belle broderie ;
Quatre ou cinq fois, elle s'examina.
Aux pieds, elle mit des souliers de soie ;
Sur la tête un peigne d'écaille brillante.
Sa taille enveloppée de crêpe blanc
Est comme de l'eau qui serpente.
Deux jades ronds croissants de lune pendent à
[ses oreilles.
Ses doigts si fins ressemblent à des oignons taillés.

Et sa bouche aux perles rouges est si jolie !
Doucement elle s'avança à petits pas
Gracieuse et exquise, sa beauté n'a pas de rivale.
Elle arriva dans la salle et salua sa belle-mère,
Celle-ci ne cessa de se fâcher.
« Née d'une famille humble,
Je n'ai pas d'éducation,
Aussi ai-je honte d'être épouse d'un noble.
J'ai reçu tant d'argents et d'étoffes,
Je ne puis travailler selon votre volonté.
Aujourd'hui je retourne chez moi,
Je regrette de vous laisser seule
A supporter les fatigues du ménage ! »

Puis elle fit ses adieux à sa petite belle-sœur,
Ses larmes tombent comme des perles désenfilées :

« Quand j'arrivai ici,
Tu ne pouvais que t'appuyer sur le lit.
Aujourd'hui je suis chassée,
Tu es haute comme moi.
Sois dévouée à tes parents,
Aide-les soigneusement.
Aux jours de congé, en t'amusant,
Pense à moi !... »

Elle quitta la porte, monta dans la voiture et [s'en alla.
Ses larmes coulent sans cesse.
Le cheval du fonctionnaire marcha en avant,
La voiture de sa femme le suivit.
Lentement ils arrivèrent au carrefour des grandes [routes.
Le mari descendit du cheval, entra dans la [voiture.

Et tête à tête, il parla à l'oreille de sa femme :
« Je jure de ne pas me séparer de toi.
Retourne chez tes parents pour le moment.
Je dois aller à la préfecture,
Bientôt je reviendrai,
Compte sur moi, je te serai toujours fidèle ! »

Elle répondit :
« Je connais ton cœur. J'en suis touchée.
Si tu ne me délaisses pas,
Je t'attendrai toujours...
Tu es comme la roche solide,
Et moi, un simple jonc.
Les joncs encerclent fortement la roche
Qui ne veut pas non plus bouger.
Mais j'ai un père et un frère,

Leur caractère est impétueux comme la foudre;
Je ne crois pas qu'ils me laissent libre
Et qu'ils ne blessent mon cœur! »
Ils se dirent longtemps de douces choses...

Puis arrivant chez elle, elle marcha péniblement,
Son attitude manquait de fermeté.
Sa mère, la voyant arrivée, cria :
« Oh! tu viens toute seule!
A treize ans, je t'apprenais à tisser,
A quatorze ans, tu savais couper,
A quinze ans, tu jouais de la musique,
A seize ans, tu connaissais les rites,
A dix-sept ans, je t'ai mariée.
J'espère que tu es toujours obéissante...
Quelles fautes as-tu donc commises ?

Pour retourner ici sans que j'aille te chercher ! »
« Ma mère, as-tu honte de moi ?
Sache bien que je n'ai commis aucune faute ! »

La mère fut bien triste.
Dix jours après son retour,
Le maire de la commune envoya un messager :
« Le maire a un troisième fils
Qui est charmant et sage.
Agé de dix-huit à dix-neuf ans,
Il est très instruit et plein de talent. »
La mère en parla à sa fille :
« Tu peux aller lui répondre ! »
La fille, les larmes aux yeux, reprit :
« Quand je quittai la maison de mon époux,
A plusieurs reprises, il me dit,

Qu'il fallait nous jurer de ne jamais nous séparer.
Si je trahis notre amour,
Ne sera-ce pas trop ridicule ?
Il convient d'interrompre les pourparlers.
Sans le froisser, refuse-le. »
La mère vint dire à l'entremetteur :
« Notre famille pauvre n'a que cette fille,
A peine mariée, elle est renvoyée.
Déjà indigne d'être femme d'un fonctionnaire,
Comment mériterait-t-elle le fils d'un maire ?
Ne pouvant combler votre désir,
Nous vous serons obligés de chercher ailleurs. »

Mais quelques jours après,
Le préfet fit venir son chancelier :
« J'ai entendu parler de la jeune fille d'une [famille

Descendant des hauts dignitaires.
Mon cinquième fils
Doux et élégant n'est pas marié.
Comme tu es habile à parler,
Tu iras chez elle en qualité d'entremetteur. »
Le chancelier arriva et dit franchement :
« Le Préfet a un fils très beau.
Il désire demander la main de votre fille,
C'est pourquoi il m'a envoyé chez vous. »
La mère le remercia :
« Ma fille a fait un serment,
Moi, sa pauvre mère, je n'ose la contrarier. »
Le frère l'ayant entendu
Se tourmenta dans le cœur.
Il dit à sa jeune sœur :
« Pourquoi ne les compares-tu pas ?

Tu fus d'abord mariée à un fonctionnaire,
Tu peux devenir femme d'un fils du préfet.
Quelle différence entre ces deux sorts !
Le second t'honore hautement,
Si tu refuses de l'épouser,
Alors où comptes-tu aller ? »
La jeune femme levant la tête dit :
« Oui, tu as peut-être raison.
Je quittai ma famille pour suivre mon mari,
Au milieu de ma vie, je suis retournée ici.
Dispose de moi selon ton désir.
Oserai-je agir librement ?
Malgré mon serment au fonctionnaire,
Nous n'aurons plus l'occasion de nous revoir.
Tu peux accepter ce qu'on nous a proposé,
Préparons tout de suite le mariage ! »

L'entremetteur s'en alla immédiatement :
« Oui, oui, . . . bien, . . . c'est ça . . . »
A son retour, il dit au préfet :
« Votre serviteur, suivant votre ordre
A fait la démarche avec succès »
Le préfet fut joyeux d'apprendre cette nouvelle.
Consultant l'almanach et d'autres livres,
Il fit venir son fils et lui dit :
« Ce mois-ci est le mois propice,
Le trentième jour est favorable,
Aujourd'hui, nous sommes le vingt-sept,
Va vite te marier. »
On commença à faire des préparatifs,
Les gens se suivaient comme des nuages flottants ;
Les bateaux étaient sculptés d'oiseaux et de [cigognes

Portant aux quatre coins des bannières peintes
[de dragons ;
Les voitures dorées aux roues ornées de jade
Etaient traînées par de beaux chevaux noirs ;
Les selles étaient parées de fils d'or.
On apporta trois millions de sapèques
Enfilées sur des cordes de soie bleue,
Et trois cents pièces de draps multicolores ;
Puis, des poissons rares et des objets précieux.
Quatre ou cinq cents serviteurs suivaient le cortège
Qui arriva devant la porte de la ville.
La mère ordonna à sa fille :
« Le préfet vient de m'envoyer une lettre
M'annonçant que demain l'on viendra te
[chercher.
Ne manque pas cette belle cérémonie.
Pourquoi ne confectionnes-tu pas tes habits ? »

Mais sans rien répondre
Elle se couvrit la bouche d'un mouchoir et [sanglota.
Ses larmes coulaient comme un torrent.
Poussant son canapé incrusté de cristal
Jusqu'au devant de la fenêtre,
Avec des ciseaux et une règle,
Elle coupa les satins et les crêpes.
Dans la matinée, elle finit une jupe brodée,
Dans la soirée, des chemises minces.
Tout était sombre, le soleil allait disparaître,
Triste, elle sortit de sa maison et pleura.

Le fonctionnaire apprenant cette mauvaise [nouvelle,
Demanda un congé et revint chez lui
A deux ou trois li de sa demeure,

Son cheval hennit péniblement.
La jeune femme qui connaissait la voix de [l'animal
Vint au devant de son mari.
Le cœur brisé, elle le cherchait partout,
Enfin l'ancien époux arriva.
Il frappa la selle de son cheval,
Elle poussa des soupirs à déchirer le cœur.
« Depuis que tu m'as quittée,
Bien des événements sont arrivés !
Toi, tu ne sais pas tout ce qui se passe ici !
Oui, on veut s'opposer à notre vœu.
J'ai des parents, puis des frères...
Ils veulent tous me contraindre...
Ils m'ont promise à un autre.
Te voilà de retour, mais rien à espérer ! »
Le fonctionnaire dit à la jeune femme :

« Je te félicite d'un bel avenir.
La roche est toujours large et épaisse
Capable de résister un millier d'années.
Mais le jonc ne l'enlace qu'éphémèrement,
Il peut s'en aller du matin au soir.
Tu deviendras de plus en plus noble.
Moi seul, je pars vers le pays des morts ! »
La jeune femme lui répondit :
« Oh ! pourquoi parles-tu ainsi !
Tous les deux nous sommes si opprimés,
Notre sort est aussi malheureux pour l'un que
[pour l'autre.
Au revoir, nous nous retrouverons sous la terre.
N'oublions pas notre serment ! »
Ils se serrèrent la main,
Puis chacun prit son chemin...

Hélas ! quelle triste histoire
Quand les vivants se font les adieux des morts !
Hélas ! Ils vont quitter ce monde,
Personne ne pourra les réunir !
Le fonctionnaire rentra dans sa maison,
Il monta dans la salle pour saluer sa mère :
« Aujourd'hui que le vent est triste et froid
Il flétrit tant d'arbres du bois,
Les gelées glaciales congèlent les orchidées.
Je pars bientôt vers les ténèbres
Je te laisserai seule désormais.
J'ai fait moi-même ce pénible projet,
Ne maudissons pas les esprits.
Que ta vie soit aussi solide que les pierres !
Que ta santé soit toujours florissante ! »
La mère pleura en l'écoutant :

« Tu es un fils de grande famille,
Tu travailles pour les services publics,
Ne meurs pas pour une femme !
Le sentiment d'un noble doit être faible envers
[une servante.
Notre voisin de l'est a une fille bien sage,
Sa beauté est célèbre dans toute la ville,
Je vais demander sa main pour toi,
Tu l'auras du jour au lendemain. »
Le fils se prosterna deux fois,
Entra dans sa chambre vide,
Et soupira longuement.
Il tourna la tête vers la porte
Méditant pour exécuter sa décision.
La tristesse le tourmentait et l'oppressait.
Au dehors, le cheval hennissait et le bœuf
[beuglait.

La femme arriva dans son pavillon,
Lorsque le silence régnait au crépuscule,
Alors les bruits s'éteignirent, tout fut calme.
« Ma vie touche à sa fin aujourd'hui,
Mon âme part, seul mon corps reste ! »
Ayant soulevé sa jupe et quitté ses souliers,
Elle se jeta dans un étang limpide.
Le fonctionnaire apprenant cette nouvelle,
Pensa aux séparations éternelles,
Il allait et venait promenant ses regards,
Puis se pendit aux branches d'un arbre.

Les deux familles demandèrent qu'on les enterrât,
On les enterra ensemble au penchant de la
[montagne Fa.
A l'est et à l'ouest, on planta des sapins et pins
A gauche et à droite des dryadras et aleurites.

Leurs branches se croisaient les unes les autres,
Et les feuilles flottaient entremêlées.
Là se trouvaient deux petits oiseaux
Appelés Ying-ying,
Levant la tête et s'appelant mélancoliquement
Jusqu'au point du jour.
Les passants s'arrêtaient pour les écouter,
Les veuves les entendaient avec perplexité.
Que les futures générations prennent garde !
Faites attention de ne pas oublier cela !

## LES TROIS-GORGES

Parmi les Trois-Gorges
La Gorge Ou est la plus longue.
Les singes y gémissent tristement.
En les écoutant, mes larmes coulent sur ma robe.

Dans les Trois-Gorges
Les singes gémissent tristement.
En les écoutant, mes larmes coulent sur ma robe.

Là-bas, près du rivage,
Les roseaux poussent sous l'ombrage.
Peu à peu, mon ami s'éloigne de mes yeux.
Serait-ce un éternel adieu ?

## JE FILTRE... SEUL !

Je filtre tout seul, je filtre tout seul...
Que l'eau est profonde, que la terre est sale !
Cette vilaine boue ne me gêne en rien,
L'eau profonde pourrait me tuer !

Si gais et si doux, deux canards sauvages
Jouent au bord d'un champ.
Je voudrais les tuer,
Mais qu'il est cruel de les séparer.

L'épée, dans son fourreau, semble faire du bruit,
Suspendue au lit, elle n'a jamais servi,
Mais, alors pour moi, que me sert de vivre !
Si je ne venge pas mon père.

Avec leurs peaux tachetées, les féroces tigres
S'amusent de la vallée à la montagne,
Et s'ils veulent s'attaquer à quelqu'un,
Ils n'épargnent même pas les sages ni les héros.

## NGAN-TON-PIN [1]

Si triste et si déchirant
Le vent du nord rugit, la neige tombe.
Le chemin d'eau (2) n'est plus communicable,
Routes et sentiers, tout a disparu !

*Notes du traducteur :*

(1) Nom d'un poème lyrique.
(2) Image de la rivière qui coule.

# CHANSON DE LA JEUNE FILLE DE CHIN-KI

Au coucher du soleil, le vent souffle tristement,
Les feuilles mortes voltigent encore ne voulant
[pas quitter leurs branches,
Mon cœur est si fidèle, mes pensées si franches ;
Peut-être me comprendras-tu difficilement !

## POÈME DE MOU-LIN

Tsi-tsi, Tsi-tsi,
Mou-lin tisse devant les fenêtres.
Soudain, au lieu du bruit de la navette,
On entend des soupirs et des gémissements.

« A qui penses-tu ? »
« De quoi te souviens-tu ? »
Elle ne pense à personne,
Elle ne se souvient de rien.
« Mais, hier soir, j'ai vu, répond-t-elle, dans la
[gazette militaire,
Que Khan mobilise tous les soldats,
Et parmi les douze ordonnances impériales,
Mon père est mentionné, dans toutes, comme
[devant partir,
Mon père, hélas ! n'a pas de fils en âge,
Moi, je n'ai pas de frère aîné.
Ah ! que je voudrais acheter un cheval et un
[harnais
Pour prendre dès maintenant la place de mon
[père ».
Au marché de l'est, elle trouva la monture,

A celui de l'ouest, la selle
Elle acquit, à la foire du midi, les rênes,
Et à celle du nord, le fouet.
Le matin, elle quitte ses parents,
Le soir, les troupes stationnent au bord du
[Fleuve jaune.
Là, plus d'appels de son père ni de sa mère.
Seul, retentit le bruit des eaux courantes
Qui murmurent tristement...
On repart le lendemain en disant adieu à ce
[rivage.
Au couchant du soleil,
Les armées bivouaquent près de « l'Eau
[noire » (1)
Là, on n'entend non plus les voix de ses
[bien-aimés.
Seuls les chevaux de Houng-nou (2).

Hennissent si mélancoliquement
Sur la montagne de Yuen
Ils font des milliers de li pour rejoindre leurs
[postes.
Les monts, les murailles, passent comme en
[volant.
Les armes dorées tremblent au contact du froid
Et la glace fait briller davantage les cuirasses
[étincelantes.
Après cent combats, les généraux furent tués.
Mou-lin leur succéda.
Après dix ans de cette vie de guerre,
L'héroïne retourna couverte de gloire.
Dès son retour, elle alla au-devant de l'Empereur.
Le souverain était assis sur son trône.
Douze décrets d'anoblissement allaient être
[décernés à Mou-lin

Avec une donation de cent mille lingots.
Le Khan lui offrit encore d'autres dons
Mais Mou-lin dédaignait tout cela !
Elle souhaitait qu'on lui prêtât un excellent
[chameau
Pour pouvoir se rendre dans son pays natal.
Son père et sa mère, apprenant l'arrivée de la
[jeune fille,
Sont venus l'attendre à la porte du village,
Sa sœurette se pare coquettement
Pour la recevoir.
Son jeune frère l'apercevant de loin
Aiguise les couteaux et tue moutons et porcs.
Elle arrive, elle ouvre toutes les portes,
Elle s'assied et se repose.
Elle se dépouille de sa tenue militaire
Elle reparaît dans son ancien costume.

Devant la fenêtre, elle arrange son chignon,
Elle y met des fleurs en se mirant.
Mou-lin sort pour voir ses compagnons d'armes.
Ils sont tous étonnés :
Pendant douze ans qu'ils étaient restés ensemble,
Ils ne savaient pas que Mou-lin n'était qu'une [femme.

Un lapin mâle court vite,
La femelle passe les yeux tremblants ;
Quand ils filent rapidement,
Comment pourra-t-on les distinguer et deviner [leur sexe ?

*Notes du traducteur :*

(1) Nom d'un fleuve qui passe au nord de la Chine.
(2) Ou huns.

# EN CASSANT UNE BRANCHE DE SAULE

## I

Monté à cheval sans cravache,
Pour la remplacer, je casse une branche de saule.
Sur la selle, je joue de la longue flûte
Qui rend les voyageurs bien tristes !

## II

Mon cœur est si morne !

Que je voudrais constituer moi-même la cravache
[de mon ami !

Quand il va et vient, je serais près de lui :

Appuyée contre son bras et reposant sur son
[genou !

# CHANSON D'ADIEU

Les branches du saule au feuillage vert et éploré
Tombent effleurant la terre ;
Ses fleurs si blanches et si légères
S'envolent emportées.

Quand on aura cassé toutes ces branches (1)
Et quand ces fleurs ne seront plus,
Vous, voyageur, reviendrez-vous ?

*Note du traducteur :*

(1) Selon l'ancienne tradition chinoise, on offrait aux amis partant une branche de saule comme souvenir.

## CHANTS DE COQS

C'est l'heure où l'horizon commence à blanchir,
L'heure où les étoiles, au ciel, scintillent encore.
Les coqs de Lu-nin appellent les dormeurs.
Les chants des fêtes expirent, le temps passe...
Et, la lune pâlit, les étoiles s'évanouissent,
Enfin, l'aurore dissipe la nuit !...

# TABLE DES MATIÈRES

A
CH
EVÉ
D'IMPR
IMER LE
20 MARS 1927
PAR L'IMPRIM
ERIE BOSC F$^{res}$
& RIOU A
LYON
FRA
NC
E

版權
所有

20 francs

www.ingramcontent.com/pod-product-compliance
Lightning Source LLC
LaVergne TN
LVHW012019220826
846092LV00001B/418